GEORGES BAL

Les Brumes d'or

POÉSIES

**

PARIS

ALPHONSE LEMERRE, ÉDITEUR

27-31, PASSAGE CHOISEUL, 27-31

M DCCC LXXXVIII

Les Brumes d'or

GEORGES BAL

Les Brumes d'or

POÉSIES

**

PARIS

ALPHONSE LEMERRE, ÉDITEUR

27-31, PASSAGE CHOISEUL, 27-31

M DCCC LXXXVIII

ALLEZ, allez, ô tristes vers,
Allez dire aux brumes voilées
Qui s'étendent sur les hivers,
Que mes amours s'en sont allées.

C'est en voyant deux yeux pervers
Que mon âme s'est envolée
Jusqu'aux mystères entr'ouverts
De la rêverie étoilée!...

AUTOMNE

Quand tu renais, pâle saison,
Vaguement la nature entonne
A ton triste diapason,
Les doux accents d'un chant d'automne!

Et les feuilles tombant encor
S'en vont, jaunissant sur la terre,
Tendre un humide linceul d'or
Où la brume se désaltère.

Puis elle monte vers le ciel,
Laissant à la cime de l'arbre
Le souffle d'un poison mortel,
La glace d'un baiser de marbre.

Pareils au calice vermeil
Se fanant sur le cœur des roses,
Les cieux, dénués de soleil,
Semblent prendre le deuil des choses.

La bise vient avec ses pleurs,
Naissant des ondes débordées,
Souffler sur le parfum des fleurs,
Qui s'éplorent sous les ondées.

Et le vol des papillons blancs
S'arrête éperdu sous les voiles,
Tout humides, que les étangs
Vont rouler au front des étoiles.

J'aime la douce effeuillaison
Que fait l'automne, et ses tristesses,
Et ses déclins sur l'horizon,
Au fond des brumes prophétesses.

Linceul des défuntes amours,
Vous cachez les douces caresses,
Qui vont se perdre pour toujours,
Avec l'espoir d'autres tendresses!

LES HIRONDELLES

Elles s'en vont bien loin les noires hirondelles
A l'heure des frimas, des neiges, ce cercueil
Où viennent s'endormir les moineaux infidèles
Qui cherchent loin du nid quelque galant accueil!

Elles s'en vont bien loin, et d'un battement d'ailes,
Dessinent sur le ciel comme un crêpe de deuil;
Je les suis dans leur vol, me disant: « Où vont-elles? »
Et m'attriste en pensant que l'hiver est au seuil.

Allez vers d'autres cieux, plumes noires et blanches,
Allez chercher là-bas un rayon de soleil,
Qui glissera joyeux parmi les vertes branches;

Mais avant qu'endormi de mon dernier sommeil,
Je vous puisse oublier, serez-vous revenues,
Et vous verrai-je encor planer au sein des nues ?

OCTOBRE

Le souffle dépouillant leur douce floraison
Va mettre au front des bois une pâle couronne ;
Les feuilles vont jaunir aux baisers de l'automne,
Et tomber à l'appel de l'arrière-saison.

A ce funèbre chant que la nature entonne,
La bise va gémir et son effeuillaison
Étalant sur le sol un voile monotone,
Comme un grand 'inceul d'or, couvrira l'horizon.

Des lointains infinis, le reflet chimérique
Des ombres descendra triste, mélancolique,
Tel qu'un crêpe de deuil sur nos fronts étendu ;

Et nos cœurs attristés de ces brumes voilées
Évoquant, mais en vain, tout le bonheur perdu,
Iront rejoindre au ciel leurs amours envolées.

LES SYCOMORES

Te souvient-il du temps passé,
— De ce temps des belles tendresses, —
Où frissonnant à mes caresses
Ton cœur était tout oppressé ?

De notre amour tu semblais folle !
Te souvient-il de ce beau temps ?
Il fut pour moi comme un printemps :
N'étais-tu pas ma seule idole !

Te souvient-il du vieux chalet,
Qu'enveloppaient les clématites,
Avec des vignes parasites
Et la glycine au doux reflet? . . .

C'est là souvent, ô ma chérie,
Que je venais sécher tes pleurs,
En t'apportant les douces fleurs.
Que je cueillais dans la prairie.

Sur le balcon où tu rêvais,
Lorsque la nuit devenait sombre,
Je me glissais, et dans ton ombre
Jusqu'à tes lèvres j'arrivais.

Le toit tombait comme des ailes,
Et recouvrait ce doux abri,
Dont le plafond mal équarri
Servait de nid aux hirondelles.

Tu frissonnais au moindre bruit
Et dans mes bras, pâle et craintive,
Je t'enlaçais, chère captive,
Te protégeant contre la nuit.

Ma lèvre égrenait le rosaire
Tendre et muet de nos amours ;
Que n'ont-elles duré toujours,
Comme une éternelle prière !

Mais ici-bas tout doit finir
Et nos amours sont trépassées !
De nos serments, de nos pensées,
Il n'est resté qu'un souvenir !

Moi j'ai voulu dans ma tristesse
Revoir encor ces lieux chéris
Où dans des rêves attendris
Nous fûmes amant et maîtresse.

. . . .
. . . .

Tout en ruine est la maison ;
Sur les balcons et les tourelles
On ne voit plus les hirondelles,
Non plus que fleurs dans le gazon !

Comme l'amour et ses aurores,
Tout s'est évanoui soudain ;
Il n'est resté dans le jardin
Que quelques tristes sycomores.

ANNIVERSAIRE

J'ALLAIS tout éperdu sur la plage sonore,
Écoutant d'un pêcheur la tardive chanson,
Dont les sons affaiblis vibraient à peine encore.
L'ombre du crépuscule étendait un frisson
Sur la vague lointaine, et des brises légères
Poussaient vers l'Océan les ailes passagères
Des pâles albatros, traçant comme un sillon
Sur la lugubre plaine où soufflait l'aquilon.

C'était, en ce jour même, un doux anniversaire;
Pourtant, découragé, je marchais solitaire,
Et ne pensais qu'à toi, regardant sur la mer
Ces lointains infinis qui sont nés des espaces.
Mes esprits étaient pleins d'un souvenir amer
De ce rêve incertain où sans cesse tu passes,
Et dans mon désespoir, abattu, triste et seul,
Je songeais que ces flots seraient un beau linceul!

Le ciel s'était calmé, muet après l'orage;
Des nuages épais avaient clos l'horizon,
Quand soudain je les vis, dans un lointain mirage,
Refermer sur la mer leur brumeuse prison.
Une chaîne de monts, sur les vagues dorées,
Projetait comme une ombre, et de lourds reflets bleus
Formaient un lac immense aux ondes empourprées
Dont les festons couraient sous les pics nébuleux;
Et les eaux se brisaient toutes pleines d'écume
Au pied de ces géants, élevant dans la brume
Les arides sommets de leurs spectres neigeux;
Tandis qu'apparaissaient sous leur sombre feuillage
S'étageant en gradin, tout autour d'une plage,
Des forêts et des bois, sous le ciel orageux.
Je me crus transporté sur les rives que j'aime,
Voyant au pied des monts flotter ton ombre même
Et mon âme s'en fut vers les rêves passés,
Qui se mêlaient encore aux regrets amassés

Dans le fond de mon cœur, avec les fleurs fanées
De l'éternel amour grandi par les années,
Penché vers l'horizon, je regardais, songeur,
Sur l'Océan vermeil la dernière rougeur
D'un céleste baiser, dont les caresses vagues
Unissaient à la fois le ciel avec les vagues.
Soudain tout disparut, s'abîmant dans les flots!
Et je criais ton nom, ton nom seul que j'adore,
D'une voix éperdue où vibraient des sanglots.

Fugitives lueurs d'une lointaine aurore,
Vous ne renaîtrez pas, ni les ans révolus
Pleins d'un cher souvenir! Ce jour, hélas! n'est plus
Une date pour toi, qui fixe tes pensées.
Dans le fond de ton cœur les amours trépassées
Chantent *De profundis!* Moi, je pense toujours
A ce moment béni des lointaines amours,
Et je t'appelle encore en haut de ce calvaire,
Où je voudrais mourir, à chaque anniversaire.

Le Bourget-Pourville, 15 juillet.

CAPRICE

LEVANT ses yeux vers l'Orient,
Un jour ma maîtresse, en riant,
Me dit : « Vois comme l'hirondelle
Au loin s'enfuit à tire-d'aile.
En son vol qui semble joyeux
Elle s'en va sous d'autres cieux !
Oh je voudrais en son sillage
Faire avec elle un long voyage;
Oui je voudrais traverser l'air
Encor plus vite que l'éclair.

Et son regard doux et limpide
Suivait au ciel l'oiseau rapide.

Son rêve alors m'avait surpris.
Depuis, hélas! j'ai mieux compris
Et ma maîtresse et sa pensée.
Telle qu'une ombre elle est passée,
Car l'amour, cet oiseau moqueur,
Eut bientôt déserté son cœur.
Comme une flèche passagère
Qui dans les airs vibre légère,
L'enfant rieuse un soir s'enfuit,
S'envolant à travers la nuit.

Pour la revoir, en grand mystère,
J'ai laissé mon corps sur la terre.
Prenant les ailes d'un vautour,
J'ai pu m'envoler à mon tour,
J'ai pu courir après ma mie,
Qui dans les cieux s'est endormie!

Je l'ai trouvée, elle pleurait,
Car un astre lui préférait
Une coquette et fière étoile;
Et la pauvrette sous son voile,
Tout éprise de ce gredin
Semblait mourir de son dédain.

Mais insensible à ma prière,
En son humeur aventurière,
Elle a supplié l'Éternel
De la faire étoile du ciel.

Mon âme seule est revenue,
Car la mignonne est dans la nue,
Et sur mon corps tout en lambeaux
Je n'ai trouvé que les corbeaux.

LES HOUX

Au souffle glacial des matins de Novembre
Étendant sur les bois le grand voile d'hiver,
Le Houx dans les buissons qui se tord et se cambre
Sous le givre durci, cache un feuillage vert;
Et la rouille jaunie arrachée aux futaies
S'attache aux fruits vermeils qui rougissent les haies.

Dépouillant de ses glands le chêne désolé,
La bise avec ses pleurs, jusqu'au dernier atome
Les jette sur la terre, où l'arbuste isolé,
Comme un spectre dans l'ombre, étend son noir fantôme,

Et rougissant la neige en la perçant de trous,
Sur le pâle linceul tombe le sang des houx.

Couvrant d'un voile noir la lumière des choses,
Quand vient l'heure funèbre où cessent tous les bruits,
La nature effarée à ses métamorphoses,
Dans les airs obscurcis sonne le glas des nuits.
Et les houx couronnés de leur feuillage glabre
Soudain semblent tourner dans la ronde macabre!

Au moment du sabbat, des spectres décharnés
S'animent tout à coup: des fosses mortuaires,
Leur cortège s'en va, rejoignant les damnés,
Dans la brume étaler des blancheurs de suaires.
Et sous leurs blancs linceuls, hurlant à leurs remords,
Dans les houx épineux viennent danser les morts!

2 novembre.

ESPÉRANCE

QUELLE est donc la voix que j'entends
Là, dans le vide de mon âme?
Serait-ce toi, toi, que j'attends!
Viendrais-tu rallumer la flamme
Qui s'est éteinte dans mon cœur;
Viendrais-tu, bel oiseau moqueur,
M'imposer un amour vainqueur?
Mais sauras-tu le faire éclore;
Chasseras-tu, pour m'apaiser,
Le souvenir de ce baiser
Dont l'ombre, hélas! me brûle encore
Et dont le souffle me dévore.

Chassant les regrets attristants,
Viendràs-tu donc rieuse et belle,
Au souffle d'un autre printemps,
M'apporter la joie éternelle?
O moi, dans l'or des sables fins,
A l'heure où naissent les matins,
J'irai baiser tes pieds divins !
Parmi les brins d'herbe irisée,
Je veux répandre sur tes pas
Toutes les larmes d'ici-bas,
En les mêlant à la rosée,
Comme un parfum d'âme brisée !

Va, je me dispose à t'aimer,
Toi qui reviens, aux jours d'automne,
Prendre mon cœur pour l'enfermer
Au fond de ton cœur; je te donne
Toute ma vie en un baiser,
Dont mon âme va s'embraser,
Car tes amours doivent griser.
Oui, je te rêve douce et blonde,
Comme la vierge dans les cieux;
Avec des flammes plein les yeux;
Je devine ta gorge ronde,
Et ta hanche souple et profonde !

Des cheveux d'or, comme Cypris,
Cachant les blancheurs de ton être,
Avec un doux parfum d'Iris,
Te couvriront, tombant peut-être
Jusqu'à tes pieds; et tu viendras,
Avant le retour des lilas,
En me faisant de tes deux bras
Un collier blanc où mes premières
Caresses viendront s'égréner
Joyeuses. Car pour couronner
Ton front de mes fleurs printanières
Je prendrai les roses trémières.

Oui, tu viendras, je le pressens;
Mais de quel ciel vas-tu descendre?
Vers toi j'élève les encens,
Déjà refroidis sous la cendre,
D'un autre amour qui s'est éteint,
Et dont le souvenir lointain
N'est plus qu'un regret incertain,
A l'heure de l'oubli des choses,
Quand de l'automne, à l'horizon,
Viendront souffler sur le gazon
Les Aquilons les plus moroses,
Pour toi j'effeuillerai des roses!

L'ANÉMONE

C'EST au souffle du vent qui traverse les sables
Arides du désert, que son calice d'or
S'entr'ouvre, et ses couleurs sont indéfinissables.

Quand à l'aube du jour la nuit pâle s'endort,
L'Anémone s'éveille et sa douce corolle
Aux baisers du soleil semble rougir encor.

Pleine d'âcres senteurs, cette fille d'Éole
Qui cherche pour fleurir la hauteur des sommets
Se nimbe au pied des monts d'une triste auréole.

Les Vierges de Byblos à ses parfums discrets
Voilent leurs fronts pâlis que couronnent les roses
Et se tordent, pleurant, sous les sombres bosquets,

Car leur tristesse est née à ces heures moroses
Où mourut Adonis. — Quand Jovis imploré
Eut mêlé ses soupirs à la douleur des choses.

Et sur l'aile d'Éros, Aphrodite a pleuré,
Voyant s'épanouir les douces fleurs écloses
Au sang pur et vermeil de l'amant adoré.

A cette heure funèbre, ô tristes anémones,
Vos pourpres ont fleuri sur le tertre isolé
Où la pâle Vénus effeuillait ses couronnes.

Quand le doux Syrien vit sur son front voilé
Des ombres de la mort, s'incliner Aphrodite,
Une étoile tombait hors du ciel étoilé.

Et c'est l'étoile d'or, plaintif Aérolithe
Qui fécondant le sang du chasseur Syrien
Fit naître dans Byblos la fleur Hermaphrodite.

Fleur d'amour et de sang au souffle aérien !

L'AME DES FLEURS

A une jeune mère.

Lançant dans l'infini sa divine palette,
Où le reflet du ciel avait mis ses couleurs,
Dieu fit tomber sur terre une humble gouttelette,
Et la goutte en tombant créa toutes les fleurs.
La rosée au matin y répandit ses pleurs,
Dont voulut s'abreuver une douce mésange,
Qui revenait des cieux portant l'âme d'un angel

La jeunesse passait, rieuse, sans souci,
Et voyant cet oiseau, penché sur un calice,
Qui buvait à longs traits, voulut y boire aussi.
Mais tous deux, tour à tour, s'oubliant au délice,
S'enivrèrent bientôt. Puis, suivant leur caprice,
Quand la nuit fut venue, emportèrent chacun,
Avec l'âme des fleurs, un céleste parfum.

La jeunesse ne put oublier ce breuvage,
Et pleure en y songeant, quand les volubilis,
Se fermant à la nuit, dorment sous le feuillage.
La mésange envolée a laissé sous les plis
D'une robe d'enfant le plus brillant des lys.
Au pays des amours et des métamorphoses
Vous l'avez recueilli, Madame, avec des roses !

SOUVENIRS D'AUTOMNE

C'ÉTAIT il m'en souvient vers le dernier automne ;
Vous l'oubliez peut-être, et moi je vous pardonne !
De ce dernier amour, qui fut mon dernier bien,
Myrrha, je vous aimais et vous savez combien.
Oui, vous étiez alors, vous, ma douce compagne,
Et nous aimions tous deux errer dans la campagne,
Pour y rêver ensemble ainsi qu'en d'autres temps
Quand rayonnait sur nous l'amour à son printemps.

Sur votre front déjà se glissait comme une ombre
Dont le présage, hélas ! me paraissait bien sombre,
Une trop longue absence ayant mis entre nous
Un trouble inconscient. Pourtant auprès de vous
M'enivrant de tendresse, interrogeant votre âme,
Je cherchais dans vos yeux une amoureuse flamme,
Mais je n'y trouvais plus que ce reflet d'amour
Dont la faible lueur s'éteignait sans retour.

Donc, c'était l'an dernier : le jour étant propice
Nous partîmes tous deux suivant votre caprice.
L'été semblait finir, le printemps était loin ;
Nous allions dans les champs chercher la solitude,
A ce moment heureux, tout plein de quiétude,
Où le soleil couchant sur les meules de foin
Jette un dernier rayon. La terre ensommeillée
Se recouvrait déjà d'une pâle feuillée,
Étalant sur le sol comme un grand linceul d'or.
Quelques rares oiseaux, qui voltigeaient encor
Sur les rameaux fanés, pleins de feuilles jaunies,
Chantaient, mais tristement, en nous voyant passer.
Ce chant, comme un soupir, semblait vous oppresser.

Côte à côte en marchant nos mains s'étaient unies ;
Je vous disais, Myrrha, combien je vous aimais,
Que mon amour pour vous ne finirait jamais !
Vous m'écoutiez à peine et paraissiez songeuse,

Car vos esprits distraits, pauvre chère oublieuse,
En leur rêve perdus, s'en allaient loin de moi.
N'osant vous confier ma crainte, et mon émoi,
J'espérais dans vos yeux, ma douce fiancée,
Surprendre en cet instant votre triste pensée...

Vous regardiez au loin quelques dernières fleurs !
Moi je me détournais pour vous cacher mes pleurs,
Car je pensais alors à ces heures lointaines
De nos chères amours, déjà bien incertaines.
Et dans ce même instant ou je craignais, hélas !
D'entendre en votre cœur sonner un triste glas,
Je vis s'amonceler ces brumes d'or voilées,
Où sans doute s'en vont les âmes envolées
Et les bonheurs perdus qui rougissent les cieux.
Je vous pris dans mes bras et je baisai vos yeux.

Je me souviens qu'au ciel la lune blanchissante
Se montrait à moitié, dans son aube naissante,
Quand je vis à vos pieds sur un dernier bluet,
Pâle goutte de sang près du rameau fluet,
Une bête à bon Dieu, cette humble coccinelle,
Consacrant des amours la fête solennelle.
C'était l'heure paisible où les moutons bêlant
Avant le crépuscule, au moment du mystère,
Dans la poussière d'or s'élevant de la terre,
Regagnent leur bercail d'un pas tranquille et lent.

Un troupeau devant nous vint traverser la route,
Et le chien rappelait les brebis en déroute
Qui s'attardaient au loin, tandis que le berger
Réchauffait sur son sein, voulant le protéger,
Un pauvre agneau tremblant qui semblait naître à peine.
Pour vous distraire alors nous suivions dans la plaine
Le troupeau, le berger et son pauvre agnelet.

Tout disparut bientôt, et le pâle reflet
Du soleil s'éteignit dans la brume argentée
Voilant un grand ciel noir piqué de flèches d'or,
Où je crus voir planer, hélas ! plus pâle encor
L'ombre de notre amour qui fuyait attristée.

Au souvenir alors des lointaines saisons,
Mes esprits s'en allaient vers d'autres horizons,
Quand là-bas près de vous en des heures de fièvre,
Au rosaire égrené des prières d'amour,
Je cueillais les baisers perdus sur votre lèvre ;
Car vous m'aimiez alors et comme au premier jour !
Le printemps rayonnait. Nous tressions des couronnes
Avec ces fleurs d'amour, ces belles anémones,
Encor teintes du sang d'Adonis Syrien.
Dans les airs embaumés où tout semblait en fête
Les fauvettes chantaient un chœur aérien.

J'étais à vos genoux et vous baissiez la tête ;

Nos lèvres se joignaient, mêlant pour s'apaiser
Une douce caresse aux frissons d'un baiser
Qui fuyait éperdu sous le parfum des roses,
Unissant notre cœur à la douceur des choses.
Mais, hélas ! ils sont loin tous ces rêves heureux :
Avec les brumes d'or de la nuit étoilée
Ils sont aussi partis, ne laissant derrière eux
Qu'un pâle souvenir de la joie envolée.
Ils dorment à jamais sous les neiges d'autan !

Vous avez déchiré de ce tendre roman
Tous les feuillets jaunis, mais la dernière page
A gravé dans mon cœur une éternelle image ;
Et je pense sans cesse à ces moments émus,
Car je vous aime encor, vous qui ne m'aimez plus.

Versailles, septembre 1887.

A CAMILLE

Sur tes lèvres dorment les roses,
Dans tes yeux se mirent les cieux;
Et dans ce rêve où tu reposes,
Ton sourire semble joyeux.

Cherchant le mystère des choses,
Tes esprits vont en d'autres lieux,
Vers les douceurs, à peine écloses,
D'un avenir mystérieux!

Douce pourtant sera ta vie;
Et bientôt ta mère ravie
Écoutera ton gai babil;

Tu lui diras, joie éternelle,
Que pour te faire heureuse et belle,
Dieu te fit naître un jour d'avril.

ROSES BLANCHES

Baissez les yeux, mignonne, et sur ces blanches roses
Laissez couler vos pleurs. Après ces jours moroses,
Vous verrez luire au ciel l'étoile des amours.
Puisse-t-elle pour vous, en y brillant toujours,
Effacer de votre âme un souvenir d'enfance
Comme un bonheur éteint, brisé par la souffrance.

Le rêve commencé finira dans l'oubli,
Avec ces fleurs d'un jour bientôt enseveli.
Mais vous serez heureuse, après que les années
Sur vous auront passé de voir ces fleurs fanées,
Et vous les entendrez, en des accents confus,
Vous murmurer le nom de celui qui n'est plus.

ÉVENTAIL

Au travers du vitrail, sous l'ogive gothique,
Le reflet diapré d'un rayon de soleil
Filtre en poussière d'or, et la rosace antique
Étend sur les autels comme un voile vermeil.

Ainsi quand l'éventail cache vos yeux, madame,
Je vois briller parfois, ici j'en fais l'aveu,
Espoirs ou souvenirs échappés de votre âme,
Une ombre qui sur tout répand un reflet bleu !

LESBOS

Tordant leurs souples reins, les vierges sur la terre
S'enlacent deux à deux, et de leurs seins mordus,
Déchirés tour à tour de baisers éperdus,
S'envolent les parfums d'un souffle délétère.

Et l'Aphrodite pleure à ces encens perdus,
Qui brûlent chaque jour, aux heures du mystère,
Sur les divins autels des temples de Cythère,
Emportant jusqu'au ciel des baisers défendus.

Elle gémit en vain, car les amantes pâles,
En se cherchant, s'en vont loin des tendresses mâles,
Aux horribles amours des marbres de Paros.

Et la lèvre saignante — elles, les vierges folles,
Lascives, s'étreignant, courent vers les coupoles,
Effeuillant sous leurs doigts les caresses d'Eros.

AVEU

POURQUOI vous le dirais-je, hélas ! que je vous aime ;
Que je vis maintenant en ne pensant qu'à vous,
Que lorsque je vous vois, rempli d'un trouble extrême,
Je voudrais en pleurant tomber à vos genoux ?

Ne le saviez-vous pas avant que j'eusse même
Interrogé mon cœur ? Oui, cet aveu si doux
Que j'aurais pu vous faire en un moment suprême,
Vous l'avez deviné, mais vous m'avez absous.

Et ce triste secret, votre âme ensevelie
Dans le fond de mon cœur plein de mélancolie,
Sans l'avoir entendu, le saura désormais.

Cachant à tous les yeux ce douloureux mystère,
Je le tairai toujours. Malheureux, solitaire,
Je vivrai sans espoir vous aimant à jamais.

STROPHES A UNE MORTE

Je t'aimais ; tu mourus à peine ayant vingt ans,
Pleine de ces vertus que ma lyre célèbre !
Et ton lit virginal fut la couche funèbre,
Où la mort vint te prendre à l'heure du printemps.

En remontant le cours de mes tristes années,
Je retourne pensif au morne souvenir
De cet amour brisé. Nous devions nous unir,
Quand la mort te surprit, brisant nos destinées.

Et c'est au champ des morts quand je veux te revoir
Que je vais, pauvre enfant. Je prie, et sur la tombe,
J'aime entendre vibrer, à l'heure où le jour tombe,
Le plaintif Angelus qui précède le soir.

Là, j'entendis hier des rafales d'orage
Se mêler au bruit sourd de la cloche d'airain,
Dont l'écho renvoyait, comme un bruit souterrain,
La plainte gémissante aux hôtes de l'ombrage.

Sur la tombe placée à l'ombre d'un cyprès,
Un grand saule à côté pleurait et son feuillage
Sur la date gravée au chiffre de ton âge,
Comme un voile de deuil semblait tomber exprès.

Un rayon de soleil dans la nue éclaircie
Vint briller un moment. A son pâle reflet,
Je vis devant mes yeux un léger feu follet
Dont l'ombre voltigeait sur la pierre noircie.

Ton âme m'appelait : Je me mis à genoux
Et mes larmes tombant sur la dalle de marbre,
Y venaient se confondre avec celles que l'arbre
Recueillait dans le ciel et répandait sur nous.

Là je pleurai longtemps, et l'heure était tardive,
Quand le chant d'un oiseau s'éleva dans les airs
Que traversaient encor quelques pâles éclairs.
La voix du rossignol vibrait douce et plaintive !

Je me souvins alors qu'un jour, en d'autres temps,
J'écoutais avec toi, le cœur plein de tendresse,
Ce murmure envolé plus doux qu'une caresse.
C'était l'heure d'amour, une heure de printemps !

Mais ce chant maintenant, fait de mélancolie,
Me paraissait funèbre, emportant vers le ciel,
En douloureux accents pleins d'un deuil éternel,
Ton triste souvenir, chère âme ensevelie.

Encor tout éperdu, j'allais, pour t'implorer,
Couvrir de mes baisers cette dalle de pierre
Étendant sur tes yeux une horrible paupière,
Au travers de laquelle, oui, je te vis pleurer.

Va, j'ai de ton amour, à mon âme éplorée,
Fait un chaste tombeau plein de toi que j'aimais ;
Ma dernière caresse est glacée à jamais,
Reposant pour toujours sur ta lèvre adorée.

CONSOLATION

Ne sois pas triste, ô ma chérie!
Que faut-il pour te consoler?
Est-ce l'oiseau de la prairie,
Ou ses ailes pour t'envoler?

Veux-tu, pour tresser des couronnes,
Que je dépose à tes genoux
Toutes ces pâles anémones
Qui sont éparses devant nous?

Pour te charmer et pour te plaire,
Faut-il chanter sur mon hautbois
Ce que te chante, solitaire,
Le rossignol au fond des bois?

Si tu le veux, au sein des ondes
Je vais jeter mon filet d'or,
Et te pêcher des perles blondes
Qui te feront plus belle encor.

Préfères-tu la douce étoile
Brillant le soir comme tes yeux?
Pour la voir luire sous ton voile,
J'irai la prendre dans les cieux.

Non, c'est ton cœur, va, dont la flamme,
O mignonne, te fait mourir!
C'est la tristesse de ton âme,
Et l'amour seul peut t'en guérir!

Ne sois plus triste, ô ma mignonne,
Que tes yeux cessent de pleurer.
Tiens, prends mon cœur, je te le donne;
Il va renaître et t'adorer.

A UNE BLONDE

Un radieux soleil, semant des étincelles
Pleines d'épis dorés, au revers des sillons,
De leur poussière d'or te fait comme des ailes ;
Et semblant imiter le vol des papillons,
        Tu glisses, gracieuse et belle,
        Parmi les ombres de Cybèle.

7

Et de tes deux grands yeux le reflet est si doux,
Que la terre jalouse en est tout éperdue.
Les hommes en tremblant vont se mettre à genoux
Afin de t'adorer, toi, longtemps attendue.
       Inspirant l'amour éternel,
       Tu sembles descendre du ciel !

Un baiser de Vénus, sorti du sein des ondes,
S'envola sur ta lèvre, et voyant ce bienfait,
Les neuf muses, tes sœurs, dont les Karythes blondes,
Jetèrent sur ton front ces roses qui t'ont fait
       Une couronne aussi brillante
       Que l'escarboucle étincelante.

Au jour de ton baptême, ouvrant tes deux grands yeux,
Tu vis sur ton berceau planer la bonne fée
Qui, pour te plaire, enfant, allait au fond des cieux
Ravir les cordes d'or de la lyre d'Orphée.
       Depuis, en écoutant ta voix
      - Les amours ont pleuré parfois !

DOUTE

QUAND sur les profondeurs d'une fosse béante
Je me penche éperdu vers le morne désert,
Je vois errer le spectre au linceul entr'ouvert
Inclinant sous sa loi la nature géante;

Je vois grouiller des vers, à leur proie acharnés,
Dans les obscurités de l'éternelle tombe,
Et la mort se donnant sous son voile qui tombe,
A notre chair pourrie, à nos os décharnés!

J'entends les froids baisers, ô grande pécheresse,
Que tu viens prodiguer en ton farouche accueil,
Sous les ais entr'ouverts de l'horrible cercueil,
Où tu brises nos corps de ta lourde caresse.

D'un effroyable doute à tout jamais atteints,
Mes esprits, s'éloignant des ombres de la terre,
Vont éclaircir au ciel cet effrayant mystère,
Parmi les astres morts et les mondes éteints.

Cherchant à soulever son voile impénétrable,
A l'heure où l'infini, dans son ombre, géant,
Dit : « L'immortalité peut naître du Néant, »
Je franchis plein d'effroi le cycle redoutable;

Et mon âme brisée, en regardant le ciel,
Oubliant la terreur des terrestres souffrances,
Voudrait se prendre encore aux folles espérances
D'une seconde vie ou d'un jour éternel.

SONNET

Dᴇᴠᴀɴᴛ ces grands bois sombres,
Tout pleins de rameaux verts,
Dont se dressent les ombres
Sous les cieux entr'ouverts,

Je vois briller la flamme
Que font naître tes yeux,
En élevant mon âme
Aux limites des cieux.

Afin de voir encore
Cette divine aurore
Je voudrais désormais,

Sous la sombre ramée,
Avec toi, bien-aimée,
M'arrêter à jamais.

. . . .

ESPOIR

Le vent d'automne, avec l'oubli
Des trahisons et des chimères,
Effeuille sur mon front pâli
Les souvenirs trop éphémères.

Tous les beaux rêves sont allés,
Bien loin, rejoindre les fauvettes,
Avec les parfums envolés
De nos dernières violettes.

Qu'ils soient enfin ensevelis
Sous ces débris de fleurs fanées!
Leurs temps, hélas! sont accomplis :
Qu'ils suivent donc leurs destinées.

* * *

Je vous oublie, ô chers Élus,
Rêves, dont la joie envolée
Plane avec ceux qui ne sont plus,
Au fond de la brume voilée.

Couvrez-vous d'un crêpe de deuil,
Semblable aux voiles funéraires
Qui se drapent sur un cercueil
Avec la fleur des cinéraires.

Oui, le soleil en pâlissant
Vous a conduits vers des lieux sombres
Où je vous suis, en gémissant,
Parmi les spectres et les ombres!

L'âme des fleurs, en s'envolant
De sa prison tout embaumée,
Au fond du ciel étincelant
Ira chercher la bien-aimée.

Je sens que tu viendras bientôt,
Toi, dont l'image radieuse
Apparaîtra venant d'en haut,
Comme une ombre douce et rieuse ;

Et je soupire en t'espérant,
Car dans tes divines tendresses,
Tu prendras mon cœur expirant
Qui renaîtra sous tes caresses !

DEUX MAJESTÉS

Le soleil inclinait vers le pays des âmes;
Au loin sur l'horizon, le grand disque de flamme
Dans les flots azurés noyait ses rayons d'or;
Et les eaux s'embrasaient, semblant rougir encor,
Car des baisers de feu, pleins d'épouvante vague,
Unissaient à la fois le ciel avec la vague.
Des reflets empourprés, faits d'un autre soleil,
Se mêlaient aux éclairs de l'océan vermeil!
Comme un volcan vomit de rouges étincelles,
De lourdes gerbes d'or, des voûtes éternelles,

Tombaient au fond des mers où l'astre descendait!

Le lion, sur la terre accroupi, regardait ;
Et de ses yeux sanglants que voilait sa paupière,
Contemplait le brasier! Majesté carnassière,
Il avait de l'Atlas quitté l'antre profond
Où sa tête touchait l'énorme et noir plafond
D'une altière montagne à la cime géante.
L'homme vit le lion à la gueule béante
Entr'ouvrir en bâillant son gosier plein de sang,
Se relever soudain en étirant le flanc,
Puis d'un rugissement saluer de la terre
Le soleil disparu, rouge dans son mystère.

Et l'homme, pauvre nain, frissonna, tout peureux,
Ayant vu ces géants se regarder entre eux,
Terribles majestés, aux deux pôles du monde,
Le lion sur la terre et le soleil sur l'onde!

LA FUSÉE

COMME un serpent de feu, ta lourde parabole
S'élève au fond des cieux en rougissant l'Éther !
Dans les astres errants, Saturne et Jupiter
Regardent pleins d'effroi ton éclatant symbole.

Étoile de la terre, emporte jusqu'au ciel,
En fuyant dans la nuit, ces pâles étincelles
Qui vont en se mourant s'éteindre parmi celles
Brillant sur tous les fronts d'un éclat éternel.

Fugitive lueur, dont la gerbe retombe
Pleine d'astres brisés cueillis au firmament,
A peine apparais-tu pour briller un moment
Et t'éteindre aussitôt sur l'éternelle tombe!

Éclatant sur la terre et mourant dans les airs,
Ta rouge gerbe d'or s'épanouit, fusée,
Et jette les débris d'une étoile brisée
A nos pieds, enflammés de rapides éclairs!...

Mais tu ne fais pâlir aux voûtes embrasées
Ni les astres de nuit, scintillant dans les cieux,
Où pour l'éternité viendront briller nos yeux,
Ni les étoiles d'or faites d'âmes brisées.

SAPHO

Quand, sa lyre accordée à ses mortels ennuis,
Sapho dans sa douleur eut quitté Mitylène,
Couverte du peplos tissé de blanche laine
Elle s'en fut au loin chanter l'astre des nuits.

Et pâle, comme une ombre, elle erra dans la plaine!
Sa voix résonnait seule et, couvrant tous les bruits,
Disait et sa douleur et ses bonheurs détruits
Et l'affreux désespoir dont son âme était pleine.

Quand elle eut à Leucate exhalé ses sanglots,
La prêtresse d'amour s'abîma dans les flots,
Brisant les cordes d'or de sa lyre d'ivoire !

Les vierges de Lesbos sur les gouffres ouverts
Se penchèrent en vain ! Parmi les lauriers verts
La lyre gisait seule au pied du promontoire.

CALVAIRE

Dès le cruel instant où tu me fus ravie,
J'ai senti se briser mon courage et ma vie. —
Mon amour s'éteignait, vaincu par la douleur,
Emporté vers l'oubli, fané comme une fleur
Se mourant à l'hiver. Et loin de tes caresses,
Sans désir, sans espoir, rêvant de ces tendresses
Qui font battre le cœur, j'allais en soupirant
Sur la route déserte où mon âme en pleurant
Évoquait du passé les douces espérances.
Des rêves envolés je comptais les souffrances,

Et de mon cœur brisé dont tu fis un lambeau
J'avais à ton amour fait un vivant tombeau.

Quand je fermais les yeux une image bien sombre
M'apparaissait toujours puis glissait comme une ombre,
Dont les regrets, hélas! me laissaient éperdu
Sous l'âcre volupté de ce bonheur perdu.
Je conservais en moi la joie ensevelie,
Comme un doux souvenir fait de mélancolie.
Car avec ton amour j'aimais à rester seul
En enfermant ton cœur sous un pâle linceul!
Va, je me croyais bien au sommet du calvaire
Gravi pour obéir à ton ordre sévère,
Quand j'atteignis la croix, où se fanent les fleurs.
Mon cœur s'y déchira, je versai tous mes pleurs!

O fleurs d'amour, larmes passées
Qui font éclore ces pensées,
Pourquoi m'avoir montré ses yeux,
Pourquoi m'avoir ouvert les cieux?
Toute ma vie, oui, s'est brisée
Sur sa lèvre que j'ai baisée!

Les Fleurs

I

LE LYS ET LA ROSE

Quand Dieu voulut punir, lui, le suprême juge,
Les êtres de la terre, il appela les eaux,
Et leur dit : « Préparez un terrible déluge ;
Je veux anéantir les fauves, les oiseaux,
Les arbres et les fleurs, les hommes et les choses.
Allez, ne sauvez rien. » Les eaux obéissaient,
Quand un fleuve barbu que les métamorphoses
Du ciel avaient gelé, que les ans blanchissaient,

Implora du Seigneur une humble récompense.
« Je voudrais, lui dit-il, conserver une fleur,
Un beau lys, de mes ans consolant la douleur,
Qui vit seul sur mes bords; son calice dispense
Les exquises fraîcheurs d'un céleste parfum. » —
Dieu répondit : « C'est bien ; prends-le, puisqu'il n'est qu'un. »
Le fleuve au même soir qui regagnait sa source,
Cherchant à l'entraîner avec lui dans sa course,
Vint annoncer au lys quel était le péril.
Si désireux qu'il fût de voir les jours d'avril,
Le beau lys refusa, chérissant une rose
Qu'il ne pouvait quitter, car tous deux, en s'aimant,
Voulaient vivre toujours. Le vieux fleuve morose,
N'ayant pu le fléchir, permit au tendre amant,
Qui pleurait éperdu, d'emmener sa compagne;
Puis il les conduisit tous deux vers le rocher
Où vivaient enfermés au pied de la montagne
Ses flots impétueux. Afin de bien cacher
Le lys et sa maîtresse, il leur ouvrit la grotte,
Où se tordaient captifs sous l'horrible garrotte
Tous ses flots éperdus. Sous le joug du Titan
Dont le poids les accable et brise leur élan
Ils se cabrent en vain. Au fond de cet asile,
Dans un antre obscurci, le Maître les exile!
Là depuis deux mille ans ils ont, ployant les reins,
Cherché dans leur colère à rompre tous les freins!
Ils vont, libres enfin, la barbe limoneuse,

D'un immonde baiser souiller le genre humain,
Et répandre partout l'écume floconneuse,
Bave dont le soleil va s'abreuver demain!

Au fond de la caverne, un tertre fait de mousse
Abrite les amants. L'ombre leur paraît douce,
Car la nuit est propice au chant de leurs amours.
Peut-être cependant sont-ils là pour toujours,
Enfermés à jamais dans cette grotte obscure
Où le ciel est de roc, la paroi de granit;
Reverront-ils encor le soleil au zénith
Et le tendre baiser que son rayon procure?
— Mais qu'importe pour eux les orages du ciel;
Le monde peut finir dans la nuit éternelle,
Ils s'aiment d'un amour qui devient immortel.
Le lys est toujours blanc la rose toujours belle! —

II

LE DÉLUGE

L'HEURE étant arrivée, aux ravages de l'onde,
Au terrible chaos, Dieu va livrer le monde.
Soudain du fond des cieux, horrible, déchirant,
S'élève dans l'espace, unique, formidable,
Un cri surnaturel dont l'accent effroyable
Est entendu partout. Et sinistre, expirant,
Au milieu des échos, un éclat de tonnerre
Vient remplir de terreur les humains sur la terre !
Déjà les vents du ciel, déchaînés à la fois,
Font retentir les airs de leur lugubre voix,

Tandis que le bruit sourd des sources de l'abîme
Y mêle un grondement roulant à l'unisson.
Le globe, secoué d'un horrible frisson,
Croit que dans le néant tout retourne et s'abîme!

Entendant retentir ce céleste beffroi,
Les hommes effrayés, inquiets de leurs actes,
Se sauvaient éperdus et tout pâles d'effroi;
Quand tout à coup le ciel ouvrant ses cataractes
Éparpilla les eaux! Les nuages crevés
Tombaient à gros bouillons parmi les réprouvés,
Qui gagnaient les sommets, en cherchant un refuge.
L'eau s'étendait partout : c'était là le déluge!
Les rivières, les lacs, les fleuves, les étangs,
Débordant à la fois sur la terre mouillée,
Entraînaient avec eux une écume souillée
Qui rougissait déjà, pleine de tous les sangs.

Une effroyable nuit s'élevait sur la terre
Et semblait accomplir un lugubre mystère.
Les fauves rugissaient sur la cime des monts,
Terribles, affamés et soudain moribonds!
A leurs cris se mêlaient, parfois, des voix humaines
Hurlant dans la terreur à ces horribles scènes;
Puis la vague passait en renversant l'écueil,
Emportant à la fois dans l'humide cercueil
Confondus, monstrueux, dans leurs métamorphoses,

Ces informes débris des êtres et des choses.
Les astres se mouraient au fond du firmament !
Il semblait que le ciel eût versé des flots d'ombre
Dont les opacités recouvraient lentement
La surface du globe, et sous leur voile sombre
Sans cesse l'eau montait, emplissant le ravin
Et recouvrant le mont qui résistait en vain.
On ne distinguait plus ni le ciel de la terre
Ni la terre du ciel ! Le jour était austère !
L'aube naissait à peine et précédait le soir ;
Des éclairs par moment zébraient l'horizon noir ;
Le soleil disparut ! Sur la masse liquide,
On n'apercevait rien, rien que l'horizon vide,
Et le jour désormais semblait fait de la nuit !
Un silence profond, que seul troublait le bruit
De la foudre éclatant, s'étendait sur le monde
Condamné par son juge aux ravages de l'onde.
Après la plaine d'eau, une autre plaine d'eau,
La terre n'était plus qu'un immense tombeau !
Si le vent s'animait, parfois, d'un souffle vague,
Il creusait dans la plaine un liquide sillon,
Ou bien il soulevait un brusque tourbillon
Parmi les flots brisés, et quelque horrible vague
Passait, pleine de sang et de débris humains
Encore tout mêlés à d'horribles décombres
Arrachés sur le sol, aux heures déjà sombres
Où les hommes fuyaient à travers les chemins.

Dans les obscurités d'une tombe béante
La terre disparut ! Le fléau régna seul,
Étalant à jamais son humide linceul
Comme un voile éternel sur cette nuit géante.
Le gouffre se creusait et de toutes les mers
Ne faisait qu'une mer ! Partout les flots amers
S'étendaient sur le sol. Plus une âme vivante !
Au chaos succédait le néant, l'épouvante !
Alors Dieu, qui plongeait dans l'ombre obscurément,
Lui-même épouvanté, dit : C'est le châtiment !

III

L'ARC-EN-CIEL

LE monde s'oubliait dans la nuit éternelle!
Qu'allait-il advenir de la race mortelle?
Les jours après les jours, les mois après les mois,
Se succédaient en vain. Désespéré dans l'arche
Et seul avec les siens, Noé, le patriarche,
Attendait anxieux que, calmant ses émois,
Vînt luire au fond du ciel le signe de concorde
Que Dieu lui promettait dans sa miséricorde.
Quand au septième mois cessèrent tous les maux!
La colombe ayant fui pour chercher des rameaux,

Noé leva la tête et vit un arc immense,
Dont le prisme éclatant, symbole de clémence,
Irradiait la nue. En très grand apparat,
Pour éloigner des siens tout autre maléfice,
Quand l'arche eut atterri sur le mont Ararat,
Noé fit au Seigneur un vivant sacrifice.

Prenant possession de la terre à nouveau,
Il s'aperçut bientôt que partout le niveau
Ordinaire de l'onde était en ses limites :
Le sol était couvert de blanches calamites;
La surface encor molle ouvrait son flanc mouillé,
Où l'humus infécond et de vase souillé
Était plein de débris, de silex, de calcaires,
Qui le recouvraient seuls à ces heures précaires.
Mais bientôt le soleil vint réchauffer le sol!
Les oiseaux dans les airs avaient repris leur vol;
La nature à son tour faisait son œuvre immense,
Semblant se réveiller après un long sommeil.
La plaine s'abreuvait de grains et de semence;
Le raisin se dorait tout plein d'un jus vermeil,
Et les troupeaux erraient sur de gras pâturages.
L'homme avait reconstruit, redoutant les orages,
Des maisons, des abris, mais, encore attristé,
Cherchait autour de lui comme une chose absente,
Une lumière éteinte. — Ainsi songeait Noé
A cette heure, pensif, oubliant la tourmente.

Et lui l'aïeul farouche, accablé par les ans,
Dont la face ridée était noire de hâle,
Se demandait comment, après ces ouragans,
En revoyant la terre il la trouvait si pâle.
Puis les enfants issus des filles de ses fils
Étaient tristes souvent; elles, les vierges blondes!
Elles pleuraient, hélas! en regrettant le lys,
La rose, l'asphodèle, et leurs senteurs profondes
Dont naissent les amours rien qu'à les respirer
A l'heure où dans la nuit le jour vient expirer.

La terre aussi pleurait, sous ses paupières closes,
Ces fruits d'un autre amour, ces belles fleurs écloses
Aux baisers du soleil, jadis en d'autres temps,
Quand régnait sur l'Éden un éternel printemps.
Les saisons tour à tour avaient rouvert leurs portes,
Les arbres renaissaient, mais les fleurs étaient mortes!

****

Or, le vieux patriarche, en s'endormant un soir,
Vit en songe apparaître un symbole d'espoir;
Et ce songe était tel qu'il n'eut pour le comprendre,
A l'heure du réveil, comme il ouvrait les yeux,
Qu'à jeter ses regards sur la terre et les cieux,
Où tout brillait déjà d'un reflet doux et tendre :

Il vit, au bord d'un fleuve, un rayon de soleil,
Dont la poussière d'or illuminait les rives ;
Puis ce rayon brisé sous des couleurs plus vives
Vint s'arquer dans le ciel radieux et vermeil.
Un grand lys incliné pleurait près d'une rose,
L'effleurant d'un baiser. Sous la caresse éclose,
La rose s'effeuillait, et l'arc aux sept couleurs
Se brisant sur la terre y répandait les fleurs.

TABLE

TABLE

LES FLEURS

Achevé d'imprimer

le dix février mil huit cent quatre-vingt-huit

PAR

.ALPHONSE LEMERRE

(Bancel, *conducteur*)

25, RUE DES GRANDS-AUGUSTINS, 25

A PARIS

www.ingramcontent.com/pod-product-compliance
Ingram Content Group UK Ltd.
Pitfield, Milton Keynes, MK11 3LW, UK
UKHW020926120726
13693UKWH00003B/1154